Madame Pamplemousse

et le
Café à Remonter le Temps

Rupert Kingfisher

MADAME PAMPLEMOUSSE

et le
Café à Remonter le Temps

Illustré par Sue Hellard

Traduit de l'anglais (Royaume-Uni)
par Valérie Le Plouhinec

Witty
Albin Michel Jeunesse

Titre original :
MADAME PAMPLEMOUSSE AND THE TIME-TRAVELLING CAFÉ
Édition originale publiée au Royaume-Uni en 2009
par Bloomsbury Publishing Plc
© Rupert Kingfisher 2009 pour le texte
© Sue Hellard 2009 pour les illustrations
Le droit moral de l'auteur et de l'illustratrice a été respecté.

Pour la traduction française :
© 2012, Éditions Albin Michel Jeunesse
22, rue Huyghens, 75014 Paris – www.albin-michel.fr
Loi n° 49-956 du 16 juillet 1949 sur les publications destinées à la jeunesse
Dépôt légal : premier semestre 2012
ISBN : 978-2-226-24046-0 – Numéro d'édition : 19854/01

Chapitre premier

Quelque part dans Paris, tout en haut d'une petite rue escarpée du quartier de Montmartre, il y a un café. Un café à l'ancienne, au décor élégant, avec des tables en bois luisant, des vitres gravées de volutes et d'arabesques, et un auvent à rayures jaunes et vertes.

À l'intérieur, des affiches couvrent les murs : ce sont de vieilles réclames pour des boissons du temps passé telles que le sirop des Sirènes, la liqueur Fée

Verte, le chocolat Cheval Noir et la limonade Diable Rouge. Le café est également décoré d'antiquités

– marbres, sculptures, bustes et masques, toujours curieux et insolites –, qui lui donnent l'apparence d'un petit musée. Tout cela pourrait expliquer son joli nom : *Le Café du temps perdu*. C'est du moins ce que croient les habitués, mais ils se trompent : la véritable origine de ce nom est un secret, un secret dissimulé dans l'étincelant percolateur chromé qui trône sur le comptoir.

Cette machine est une invention du propriétaire, monsieur Moutarde. Celui-ci était autrefois un savant renommé, professeur à l'université. Il démissionna soudainement, un jour, après avoir fait une découverte tout à fait remarquable.

C'était un dimanche après-midi, lors d'une promenade avec son neveu et sa nièce. Ils visitaient la galerie des dinosaures du Muséum d'histoire naturelle, lorsque

monsieur Moutarde s'était arrêté pour admirer un squelette de diplodocus. Il y avait quelque chose, dans la
simple présence de ce squelette, qui l'époustouflait : le
fait que ce soient les
ossements authentiques
d'une créature qui avait
arpenté la Terre des millions
d'années plus tôt, et qui pourtant
se trouvait là, à présent, juste en
face de lui.

Ils s'étaient ensuite rendus dans
un café, où monsieur Moutarde avait demandé une
madeleine à la fleur d'oranger. C'était son gâteau pré-
féré lorsqu'il était enfant et il n'en avait pas mangé
depuis. Il l'avait commandée sans y penser, parce que
cela lui faisait envie. Mais dès la première bouchée, les
souvenirs de son enfance l'avaient submergé. Une sensation si intense que, l'espace d'une seconde, il s'était
réellement cru de retour dans le passé.

– Eurêka! s'était-il exclamé en bondissant de sa chaise.

Les autres clients lui avaient jeté des regards méfiants, mais son neveu et sa nièce n'avaient même pas cillé, car ils avaient l'habitude de le voir se comporter ainsi.

 – C'est ça! avait-il crié, euphorique, en faisant les cent pas. Le goût fait revenir le souvenir, comme si on y était vraiment. Il suffirait ensuite de piéger l'univers afin qu'il s'accorde à vos sens, et… sacrebleu! On pourrait voyager dans le temps!

– … sauf que ça ne marcherait pas, expliqua-t-il plus tard, découragé, à une amie. Piéger l'univers n'est pas un problème – c'est même le plus facile –, mais cela ne fonctionne qu'avec les souvenirs existants. En revanche, comment faire avec les époques que l'on n'a jamais vécues? Et avant la naissance de l'humanité?

Son amie haussa les épaules.

– Il suffit d'avoir de l'imagination, non?

– Ah oui, bien sûr, mais il faudrait l'imagination d'un génie!

– C'est donc très simple, conclut l'amie.

En effet, il n'y avait là aucune difficulté pour elle, car elle s'appelait madame Pamplemousse et elle était le plus grand génie culinaire que le monde eût jamais connu.

C'est ainsi que, ensemble, ils inventèrent le Générateur Papillaire de Déjà-vu Spatiotemporel. Monsieur Moutarde en dessina les plans, madame Pamplemousse en conçut les recettes : des combinaisons d'ingrédients dont les saveurs faisaient renaître le passé. Ces ingrédients alimentaient le Générateur, où ils étaient mixés à  l'échelle subatomique avec de l'écume quantique et brumisés à la mousse d'espace-temps. Le liquide qui résultait de l'opération, une fois versé dans une tasse, ressemblait beaucoup à un petit café noir. À ceci près que quiconque le buvait était aussitôt transporté dans l'espace et dans le temps.

Cependant, ils n'avaient pas plus tôt fabriqué leur machine qu'ils prirent conscience des dangers potentiels de leur découverte. Qui savait au service de quels funestes desseins pourrait être utilisé le Générateur s'il tombait dans de mauvaises mains ?

Si bien que madame Pamplemousse et monsieur Moutarde décidèrent de le dissimuler. Et comme il présentait une ressemblance frappante avec un percolateur, Moutarde eut l'idée ingénieuse de le cacher dans un café. Il démissionna donc de l'université pour se faire cafetier.

L'établissement faisait d'ailleurs de bonnes affaires et s'attira une excellente réputation dans tout Paris. Cela était dû en partie à son décor insolite et à ses airs de musée, et en partie aux rumeurs étranges qui circulaient sur son compte.

Tout le monde pensait, par exemple, que l'établissement était hanté. On racontait avoir vu à l'intérieur, la nuit, en scrutant à travers les vitres gravées, des

silhouettes qui se volatilisaient mystérieusement. Il courait aussi une histoire particulièrement farfelue :  quelqu'un affirmait avoir aperçu un chat debout sur ses pattes arrière, accoudé au comptoir. Il semblait que l'animal portait un bandeau de pirate et sirotait un apéritif.

Madame Pamplemousse possédait une boutique dénommée *Délices*, sur les rives de la Seine, non loin d'un grand boulevard, au bout d'une ruelle étroite et sinueuse. C'était une petite boutique, sans rien de bien remarquable, et pourtant on y vendait les mets les plus extraordinaires qui aient jamais été goûtés.

On y trouvait, par exemple, sept cents fromages différents, dont certains avaient plusieurs siècles d'âge. L'un d'eux, en particulier, était si coulant et putride qu'il fallait le confiner sous un épais couvercle de marbre.

Parmi les énormes quartiers de viande séchée qui pendaient au plafond figuraient des ailes de ptérodactyle fumées, de la queue de tricératops à l'ail et de l'aileron d'ichtyosaure fumé. Tous les murs étaient couverts jusqu'au plafond d'étagères char-gées de bocaux et de fioles, dont le contenu était inscrit d'une jolie écriture violette sur des étiquettes de papier : pattes de tarentule au vinaigre d'estragon, langues de serpent mamba noir au vin rouge,

bave de dragon épicée aux champignons de cercles de fées, tentacules de poulpe géant à la confiture de pétales de rose.

La boutique détenait aussi une spécialité particu-lière, dont l'étiquette ne portait ni nom ni ingré-dients. Et cela parce que les ingrédients étaient secrets : en effet, il s'agissait là du plus-fabuleux-délice-au-monde.

Madame Pamplemousse vivait au-dessus de la bou-tique avec son chat, Camembert, un matou de gouttière qui était entré chez elle un soir à la suite d'une bagarre. Camembert avait failli perdre la vie dans la bataille et y avait laissé un œil, mais madame Pamplemousse l'avait soigné. Et depuis, ils vivaient très heureux tous les deux. Ils tenaient la boutique le jour, et quand venait le soir, ils partageaient souvent une bouteille de vin de pétales de violette sur le balcon de madame Pamplemousse, très haut perché au-dessus de la ville. Certains soirs, ils étaient rejoints par leur très chère amie Madeleine.

Madeleine était une fillette qui vivait non loin de là, au-dessus du restaurant *L'Escargot affamé*. Elle avait récemment été adoptée par les propriétaires du lieu, monsieur et madame Cornichon. Et ce n'était qu'un des événements extraordinaires qui lui étaient arrivés depuis qu'elle était entrée un beau jour, par hasard, dans la boutique de madame Pamplemousse. Un autre événement extraordinaire était qu'elle s'était découvert un don exceptionnel pour la cuisine.

À cela il y avait tout de même un léger inconvénient : Madeleine était régulièrement pourchassée par la presse et la télévision, qui faisaient des pieds et des mains pour la convaincre de participer à des émissions de cuisine pour enfants. Elle déclinait toujours ces propositions, car elle préférait rester dans l'anonymat ; malgré cela, elle ne pouvait empêcher les journaux de publier des photos volées. Et c'est pourquoi, un matin à l'aube, elle reçut de la visite à *L'Escargot affamé.*

Chapitre deux

Madeleine n'en revenait toujours pas de sa chance : en effet, l'été précédent, sa vie avait changé du tout au tout.

Elle n'avait désormais plus à vivre avec ses parents, ce qui valait aussi bien puisqu'ils avaient toujours voulu se débarrasser d'elle. Et elle n'était plus obligée de passer tous ses étés à récurer de la vaisselle dans le restaurant de son oncle.

Aujourd'hui, Madeleine vivait chez les Cornichon, au-dessus de *L'Escargot affamé*. Le restaurant, redécoré selon les goûts de madame Cornichon, était lumineux, aéré, parsemé de fleurs fraîches. C'était le genre d'endroit où l'on se sent heureux rien qu'à s'y trouver. Monsieur Cornichon élaborait la carte avec Madeleine comme consultante en chef : chaque semaine, ils décidaient ensemble des nouvelles recettes qu'ils souhaitaient y ajouter.

Mais Madeleine conservait du temps passé chez ses parents une sorte de règle concernant l'univers. Et cette règle stipulait : *chaque fois que l'on commence à bien s'amuser, quelqu'un s'emploie à vous en empêcher.*

Elle avait même testé scientifiquement cette loi naturelle, et découvert que lorsqu'elle se livrait à une activité fastidieuse – comme faire ses devoirs ou se brosser les dents –, on la laissait parfaitement tranquille. Mais sitôt que les choses prenaient une tournure plus intéressante, un adulte apparaissait pour lui dire d'arrêter.

Il s'avéra que la Loi de Madeleine était, en effet, aussi universelle qu'elle l'avait pressenti. Car l'été précédent était demeuré dans la mémoire de tous les habitants de Paris, pas pour un événement particulier, mais plu-tôt à cause d'une impression générale dans l'air : l'idée joyeuse que des choses auparavant impensables étaient devenues possibles. Et pourtant, à l'automne, alors que le temps se refroidissait et que les jours raccourcissaient, le président de la République avait décidé que tout le monde s'amusait trop et qu'il était temps d'y mettre bonne fin.

Le président, en effet, détestait Paris. Il haïssait cette ville avec passion. À ses yeux, c'était une cité fainéante, qui se négligeait, où les gens ne faisaient que manger, bavasser et tomber amoureux alors qu'ils auraient dû se livrer à des activités plus productives, comme par exemple raser les forêts tropicales. Il se mit donc en tête de programmer la destruction systématique de la ville.

Il décida que tous les beaux bâtiments anciens seraient démolis et remplacés par de hideux immeubles neufs. Tous les parcs, galeries d'art et musées seraient vendus pour être convertis en centres commerciaux, et les petits magasins et restaurants indépendants devaient fermer pour faire de la place aux chaînes multinationales. Dans ces chaînes de restaurants, le temps de présence des dîneurs serait strictement limité. Envolée, l'époque où l'on pouvait traîner tout l'après-midi à table. Quant à danser jusqu'au bout de la nuit, il ne fallait plus y songer.

Le ministre chargé de ces transformations était le bras droit du président : une jeune femme qui répondait au nom de mademoiselle Fondue. Et ce fut elle qui, ce samedi matin à l'aube, frappa à la porte de *L'Escargot affamé*.

Madeleine était encore au lit lorsqu'elle entendit des coups à la porte. Elle était en train de somnoler et de rêvasser, et le bruit la réveilla en sursaut.

Elle se hâta de s'habiller et de descendre. Le restaurant était désert, toutes les chaises étaient encore retournées sur les tables. Elle traversa la salle à manger pour aller ouvrir.

 Sur le seuil, elle trouva une jeune femme élégamment vêtue d'un simple tailleur noir. La visiteuse était très jolie : on aurait dit un mannequin ou une vedette de cinéma, avec ses lumineux cheveux blonds et ses dents éblouissantes de blancheur.

— Bonjour, dit-elle avec un grand sourire.

— Bonjour, madame.

— Je viens voir monsieur et madame Cornichon.

— Ils ne sont pas là pour le moment, mais ils ne devraient pas tarder à rentrer.

— Ah, très bien, dit la femme en entrant d'autorité. Je vais donc les attendre.

Madeleine la guida jusqu'à une table.

– Puis-je vous offrir quelque chose? Un café?

– Du café! s'exclama la femme avec dédain. Je ne bois jamais de café. De l'eau minérale en bouteille fera l'affaire.

Madeleine alla lui chercher de l'eau. La femme, pendant ce temps, ouvrit sa serviette et en sortit un dossier d'aspect très officiel.

– Vous êtes la fille des Cornichon, je suppose?

Elle lui prit la bouteille des mains sans la remercier.

– Pas tout à fait. Je suis leur fille adoptive.

– Je vois. Parfait. Et je suppose que c'est amusant de vivre au-dessus d'un restaurant?

– En effet.

– Vous cuisinez un peu, sans doute?

– Euh… oui, répondit prudemment Madeleine. De temps en temps, à l'occasion.

La question avait immédiatement éveillé sa suspicion. Des journalistes avaient déjà souvent tenté de lui arracher une interview sans y être invités. Cette femme pouvait très bien en être une.

— Car bien sûr, poursuivit l'inconnue, vous êtes plus ou moins célèbre, n'est-ce pas, Madeleine ? La « nouvelle étoile de la gastronomie » de Paris, c'est bien ça ?

À ces mots, Madeleine se figea.

Tout d'abord, la femme l'avait appelée par son prénom, qu'elle ne lui avait jamais donné. Et en plus, elle venait de citer un article écrit sur elle l'été précédent.

— Excusez-moi, madame, mais qui êtes-vous, au juste ?

L'inconnue sourit.

— Je m'appelle mademoiselle Fondue et je travaille pour le gouvernement.

— Le gouvernement ?

— Tout à fait. (D'un regard, elle lui fit signe de s'asseoir. Madeleine obéit.) Bien, ma petite Madeleine, je crois comprendre que tu n'as pas beaucoup de goût pour la célébrité et que tu as toujours évité de parler aux journalistes, n'est-ce pas ?

Madeleine acquiesça en silence.

— Et que tu refuses de participer à des émissions de télévision.

De nouveau, la fillette hocha la tête.

— Et pourquoi donc ?

— Parce que je n'en ai pas envie.

Mademoiselle Fondue fronça les sourcils.

— Je ne comprends pas… tu n'aimes pas cuisiner ?

— Si, si, beaucoup.

— Naturellement. Tu adores ça, même. C'est ta grande passion. Alors pourquoi refuser de la partager sur les ondes nationales ?

Madeleine se creusa la cervelle pour trouver une réponse. La vérité, c'était qu'elle préférait ne pas parler de son don culinaire. Elle craignait qu'il n'en soit gâté, comme une plante d'ombre qui reçoit trop de soleil. Mais elle sentait bien qu'une femme comme celle-ci ne

comprendrait jamais une telle réponse, c'est pourquoi elle s'efforça d'en imaginer une autre.

– Parce que je ne veux pas, finit-elle par bredouiller.

Mademoiselle Fondue sourit largement en secouant la tête.

– Hmm. C'est un peu court, jeune fille. En refusant de vendre ton talent, tu lèses les chaînes de télévision. Elles perdent de grosses sommes d'argent, ce qui fait de toi un poids pour l'économie. De nos jours, c'est un crime très grave.

Elle marqua une pause, le temps que Madeleine absorbe le choc de cette nouvelle.

– Toutefois, reprit-elle ensuite, ce n'est pas la principale raison de ma visite. (Elle sortit de son dossier une coupure de presse.) Je suis ici parce que ton nom est associé à une rumeur bien particulière. Un mythe concernant un certain aliment légendaire.

Elle fit glisser sur la table l'article découpé dans un journal. Madeleine reconnut un gros titre datant de l'été :

LE PLUS FABULEUX DÉLICE AU MONDE :

UN CANULAR ?

– Nous avons des raisons de croire que tu détiens des informations sur ce délice et sur sa probable créatrice : une certaine madame Pamplemousse.

Madeleine eut l'impression que son cœur dégringolait et traversait le plancher.

– Qu… qui ? bégaya-t-elle.

La visiteuse sourit en inclinant la tête sur le côté.

– Mademoiselle Pamplemousse. Ton amie qui tient une épicerie dans la rue de l'Escargot. Épicerie dont j'ai récemment signé l'ordre de démolition.

– Vous ne pouvez pas faire ça ! éclata spontanément la fillette.

Le sourire de la jeune femme se glaça.

– Alors, tu la connais ? Eh bien, Madeleine, tu te trompes. C'est tout le contraire : j'ai justement les pleins pouvoirs pour « faire ça ». C'est pourquoi je te suggère de me raconter tout ce que tu sais sur cette femme, et notamment de me dire où elle est.

Madeleine baissa la tête vers ses genoux. Elle faisait de gros efforts pour garder son calme. Son seul espoir, dans cette situation épouvantable, était que le gouvernement ignorait où se trouvait son amie. Tout comme elle, d'ailleurs. Il y avait une bonne semaine qu'elle n'avait vu ni la dame ni son chat.

– Je ne sais pas où elle se trouve, répondit-elle enfin.

– Vraiment ? Eh bien, cela te reviendra peut-être dans un petit moment... quand tu auras passé un peu de temps dans ton nouveau foyer. (Mademoiselle Fondue sourit de toutes ses dents parfaites.) Un centre de détention pour les pires enfants criminels de tout Paris. Et incidemment le lieu où, si je le décide, tu seras internée jusqu'à ta majorité.

Chapitre trois

À ce moment-là, les Cornichon entrèrent. Ils revenaient du marché au poisson, chargés de lourdes caisses de fruits de mer.

– Bonjour messieurs-dames! leur lança gaiement la jeune femme. Permettez-moi de me présenter : je m'appelle mademoiselle Fondue et je travaille pour le gouvernement. (Elle leur montra une carte de visite.) Je suis venue emmener Madeleine en détention.

Pendant un instant, madame et monsieur Cornichon l'observèrent en silence, interdits. Après quoi tous deux laissèrent tomber leurs caisses avec fracas.

– Quoi? souffla madame Cornichon. Mais je ne comprends pas. Les formulaires d'adoption sont parfaitement en règle. Nous n'avons rien fait de mal!

– Ah non? Et que faites-vous des troubles du comportement de cette enfant?

– Des troubles du comportement? Mais de quoi parlez-vous?

– Eh bien, par exemple, son refus de participer à des émissions de cuisine malgré des demandes répétées… un comportement qui fait perdre beaucoup d'argent aux chaînes de télévision.

– Et alors? s'enquit monsieur Cornichon. Quelle importance, si des chaînes perdent quelques sous?

Mademoiselle Fondue le toisa avec froideur.

– Il se trouve, monsieur, que moi, j'y attache de l'importance. Et le gouvernement aussi. C'est pourquoi le refus de coopérer de Madeleine est désormais considéré comme criminel.

Madame Cornichon, qui s'étranglait d'horreur, plaqua les mains sur sa bouche. Son époux, lui, fulminait.

– Comment osez-vous ! gronda-t-il. Vermine fasciste ! Comment osez-vous entrer chez nous pour nous donner des ordres ?

Il poursuivit sur le même ton, brandissant le poing et criant de plus en plus fort, jusqu'à ce que la porte s'ouvre avec un gros « boum ».

Deux hommes en costume sombre s'engouffrèrent dans la pièce. Grands et costauds, ils avaient des têtes de truands endurcis, bien qu'ils appartiennent en réalité à la police secrète. Avec une rapidité alarmante, ils saisirent par les bras le restaurateur, qui s'époumonait toujours, et l'immobilisèrent au sol.

– Non ! hurla Madeleine. Ne lui faites pas de mal ! Je vous en supplie !

Il y eut un silence. Madame Cornichon sanglotait et serrait la fillette contre sa poitrine, mais celle-ci se dégagea.

— D'accord, dit-elle. Je vais vous suivre calmement. Seulement, je vous en prie, lâchez-le.

Sur un signe de tête de mademoiselle Fondue, monsieur Cornichon fut libéré.

— Merci, ajouta Madeleine. Et aussi… puis-je aller chercher mon ours en peluche? Il est en haut, dans ma chambre.

Elle fut escortée à l'étage par un des deux policiers, à qui elle demanda poliment de la laisser seule un instant avec son ours. L'homme lui accorda une minute en l'informant qu'il l'attendait à la porte.

Une fois seule dans sa chambre, Madeleine respira un grand coup. Ensuite, elle s'approcha de sa table de chevet, ouvrit le tiroir et y prit une petite boîte d'allumettes, qu'elle mit dans sa poche. Enfin, elle monta sur son lit, se hissa sur l'appui de la fenêtre, ouvrit la fenêtre et sortit.

La boîte d'allumettes était arrivée en sa possession la semaine précédente, dans des circonstances mysté-rieuses.

Le week-end, à *L'Escargot affamé*, Madeleine aidait parfois au service. Elle s'était révélée plutôt douée et était fière du nombre d'assiettes qu'elle réussissait à porter simultanément sans en laisser tomber une seule.

Le dernier samedi, elle avait reçu un pourboire inha-bituel d'un monsieur distingué qui ressemblait à un professeur d'université, discrètement installé seul dans un coin du restaurant.

– Merci beaucoup, monsieur, lui avait-elle dit en tendant la main vers l'argent.

Mais alors qu'elle esquissait ce geste, il avait placé dans sa paume une petite boîte d'allumettes. Dessus étaient écrits le nom et l'adresse d'un café de Montmartre.

— Si jamais vous avez des soucis, mademoiselle, venez dans mon café, lui avait-il dit à mi-voix. Vous y serez la bienvenue.

Après quoi il l'avait poliment saluée de la tête et s'était levé pour partir. Juste au moment où il s'en allait, il avait lâché une dernière remarque par-dessus son épaule.

— Les gens comme nous doivent se serrer les coudes, mademoiselle.

De la fenêtre de sa chambre, Madeleine sauta sur un toit. Ce toit pentu dominait un vide périlleux, mais il était bordé d'une étroite corniche de pierre. On ne pouvait y marcher qu'en posant un pied devant l'autre, et c'est ce qu'elle fit, très prudemment, tout en s'efforçant de ne pas regarder en bas. Madeleine savait que le temps lui était compté ; la police secrète devait déjà se douter de quelque chose. Sans même croire à ce qu'elle faisait, elle se mit à courir.

Le pâté de maisons s'arrêtait brusquement un peu plus loin. Paniquée, Madeleine regarda autour d'elle. En contrebas, un balcon dépassait du mur. La distance était importante, mais elle se dit qu'elle pourrait l'atteindre en se suspendant à la gouttière. Elle s'allongea, s'agrippa du bout des doigts, se laissa descendre et se sentit prête à lâcher.

La chute fut plus rude qu'elle ne l'avait anticipé : le choc envoya des éclairs de douleur à travers ses semelles. Elle n'avait pas plus tôt atterri qu'elle entendit un grand cri. Les fenêtres donnant sur le balcon étaient ouvertes et, à l'intérieur, un homme et une femme prenaient leur petit déjeuner. C'était la femme

qui avait crié : elle regardait Madeleine bouche bée. Alors, l'homme se mit à brailler en agitant les bras. Il fit mine de se lever, mais la fillette le contourna en courant et sortit par la porte de leur appartement.

Elle dévala l'escalier, sortit dans la rue et continua de courir jusqu'à l'entrée du métro, où elle s'engouffra. Une rame arrivait justement, et Madeleine sauta à bord. Elle se retourna pour voir si on l'avait suivie, mais ne vit aucune trace des policiers. Alors seulement, elle poussa un profond soupir de soulagement.

Les portes se refermèrent, et le métro s'enfonça en brinquebalant dans le tunnel.

Chapitre quatre

Au dos de la boîte d'allumettes, un petit plan indiquait l'adresse. En sortant du métro, Madeleine gravit un escalier raide qui menait au sommet d'une butte. Elle déboucha sur la place la plus célèbre de Montmartre, non loin de la basilique du Sacré-Cœur. Le café se situait tout près, dans une petite rue latérale.

En poussant la porte en verre gravé, elle se dit que *Le Café du temps perdu* portait bien son nom : la salle était remplie d'antiquités, les murs étaient décorés d'affiches anciennes. Sur l'une, on voyait une minuscule sirène dans une bouteille de sirop. Une autre représentait un cheval assis à une terrasse, arborant jaquette et chapeau, sirotant un chocolat chaud.

— Bonjour, mademoiselle, dit une voix douce juste derrière Madeleine.

La fillette fit volte-face et découvrit un élégant moustachu affublé de lunettes à verres épais. C'était le dîneur qui lui avait donné la boîte. Il lui fit signe de s'asseoir.

— Vous avez les allumettes ? demanda-t-il.

Elle les sortit de sa poche. L'homme sourit.

— Bien. À présent, auriez-vous l'amabilité de les remettre dans votre poche ?

Elle s'exécuta.

— Très bien. Et maintenant, permettez-moi de me présenter : je suis monsieur Moutarde, et je crois que nous avons une amie en commun.

– Madame Pamplemousse ? s'enquit Madeleine avec
ardeur.

Il posa un doigt sur ses lèvres pour lui indiquer de
se taire.

– Elle n'est pas ici en ce moment,
souffla-t-il à voix basse. Mais avant de
partir, elle m'a demandé de garder un
œil sur vous, pour le cas où vous auriez
des ennuis. Je suppose que c'est le cas,
mademoiselle ?

Madeleine fit oui de la tête.

– Le gouvernement ? La police secrète ?

Il prononça ces mots sur un ton léger, mais avec
l'expression d'un homme qui s'est souvent frotté aux
autorités.

Elle acquiesça une nouvelle fois.

– Nous n'avons pas beaucoup de temps. Le gouvernement a installé des caméras de surveillance dans
toute la ville, y compris sur la tour Eiffel. Votre trajet

jusqu'ici a presque certainement été filmé. Ne bougez pas, j'en ai pour une minute.

Il se déplaça rapidement vers le comptoir, sur lequel trônait un gros percolateur chromé.

Madeleine nota que cet appareil était plus compliqué que les machines à café habituelles. Il comportait énormé-

ment de leviers et de cadrans, et monsieur Moutarde semblait prendre grand soin à faire les réglages. Enfin, il alluma la machine, qui émit un bourdonnement et lâcha un panache de vapeur.

Lorsqu'il revint, il portait un plateau. Trois objets étaient posés dessus : une petite tasse de café, une bouteille Thermos rouge et, selon toute apparence, une fusée de feu d'artifice.

Il désigna la tasse.

– Dans un instant, Madeleine, tu boiras ceci, et tu le boiras cul sec. Tout en buvant, tu devras tenir

fermement la fusée et la bouteille Thermos. Surtout, ne les lâche pas : *c'est absolument vital !* Car aussitôt que tu auras bu le café, tu ne devras plus t'étonner de rien. Tout ceci (il embrassa la salle du geste) se volatilisera sous tes yeux, et tu te retrouveras dans un lieu totalement différent. Un lieu vraiment très inhabituel.

Mais n'aie crainte : plante simplement la fusée dans le sol, allume-la très prudemment, et ne bouge surtout pas de là où tu seras. As-tu bien compris ?

Madeleine secoua la tête.

— Je suis désolée, monsieur, mais je ne comprends rien.

— Le feu d'artifice est une balise de détresse ! Il indiquera ta position. C'est pourquoi, une fois que tu l'auras allumé, tu ne devras t'en éloigner sous aucun prétexte. Toutefois... (L'anxiété plissa le front de l'homme.) Si jamais un imprévu se produisait, si la fusée ne fonctionnait pas ou si, pour une raison ou pour une autre, tu te trouvais en danger, alors bois simplement ceci. (Il désigna la bouteille.) Bois tout d'un seul coup, et tu seras aussitôt ramenée ici.

— Ramenée? Mais d'où?

Moutarde ne put lui répondre, car au même instant une voix s'éleva à l'autre bout de la salle.

— Pas de chance, Madeleine! lança mademoiselle Fondue en entrant. Nos caméras sont bien trop ingénieuses pour que quiconque puisse leur échapper. J'ai personnellement supervisé leur conception. (Elle se tourna vers les deux agents de la police secrète.) Arrêtez-la!

Madeleine se leva d'un bond.

— Maintenant! chuchota monsieur Moutarde.

Madeleine, qui avait mémorisé les instructions, s'empara de la fusée et de la bouteille Thermos, et avala tout le café d'une seule gorgée.

Sauf que ce n'était pas du café. C'était chaud et noir, et cela ressemblait beaucoup à un expresso, si ce n'est que la saveur était absolument différente.

Vous avez sûrement déjà ressenti l'impression que l'on appelle « déjà-vu », que ce soit en songe ou éveillé. Et c'est exactement ce qu'elle éprouva en goûtant le liquide : ce fut comme si, l'espace d'un instant, elle revisitait un rêve. Un rêve de la Terre il y a des millions et des millions d'années, bien longtemps avant l'apparition de l'être humain.

C'est alors qu'il se passa des choses étranges.

Au départ, tout, autour d'elle, s'immobilisa, comme piégé dans une photographie. Cette vision avait quelque chose d'effrayant, et Madeleine eut l'impression fugace qu'ils jouaient à « 1, 2, 3, soleil ! » : mademoiselle Fondue avait encore la bouche ouverte, et les policiers, un pied en l'air, étaient comme statufiés s'avançant vers elle. Cette image se mit bientôt à tourner, de plus en plus vite, jusqu'à ce que la fillette ait mal au cœur. La salle devint une tache floue, bourdonnante, puis un manège de couleurs tourbillonnantes.

Peu à peu, toutes ces couleurs se fondirent en une étendue bleue. Une teinte azur, particulièrement profonde. Et c'est seulement après l'avoir observée fixement pendant un moment que Madeleine comprit qu'elle regardait le ciel.

Chapitre cinq

Ce fut comme entrer dans une serre ou dans une salle de bains envahie par la buée. L'air, chaud et poisseux, lui collait à la peau. Un vif soleil brillait dans un ciel sans nuages.

Madeleine se trouvait au beau milieu d'un marécage. La terre était molle et détrempée ; il y avait partout des fougères, des buissons épineux et de curieux petits palmiers en forme d'ananas ; au loin, elle distinguait une étendue d'eau – un lac immobile – et, au-delà, une vaste plaine ouverte qui s'étendait sur des kilomètres en direction d'une chaîne de montagnes posée sur l'horizon.

Puis elle se retourna : elle était à la lisière d'une forêt.

Jamais Madeleine n'avait vu d'arbres si gigantesques. Il y avait des palmiers grands comme des immeubles, et des conifères au tronc colossal. Le sol lui-même était une jungle miniature : il était entièrement couvert d'un épais enchevêtrement de hautes fougères et de lianes semblables à des cordages.

Elle n'avait pas la moindre idée du lieu où elle se trouvait ni de la manière dont elle y était parvenue. En revanche, elle était de plus en plus consciente du profond silence qui l'entourait. Comme suspendu en l'air, à l'image de l'humidité ambiante, ce silence la mettait très mal à l'aise.

Elle baissa les yeux. La fusée de feu d'artifice était toujours dans sa main, mais pas la bouteille Thermos. Elle l'avait pourtant tenue en buvant le liquide, elle en était sûre. Mais ensuite, la pièce s'était mise à tourner, et tout était devenu flou.

C'est alors qu'elle ressentit son premier accès de panique, car monsieur Moutarde lui avait expressément recommandé de bien tenir la bouteille. Il avait aussi évoqué l'idée que celle-ci la « ramènerait », même si elle ignorait totalement comment. À présent, plus de bouteille ! Elle l'avait perdue en route.

Elle se hâta alors de chercher un endroit où le sol fût ferme. La fusée était dotée d'une longue tige, qu'elle enfonça dans l'argile. Elle plongea ensuite la main dans sa poche. Soulagée d'y trouver les allumettes, elle en gratta une et l'appliqua contre la mèche.

Pendant un temps désagréablement long, rien ne se passa. Madeleine ignorait s'il fallait tenter de la rallumer, et elle venait juste de décider de le faire lorsque soudain, un sifflement strident retentit et la fusée s'éleva en l'air. Elle monta haut, très haut, avant d'exploser avec un gros «boum» et de retomber en une pluie d'étincelles bleues et blanches. Celles-ci s'éteignirent en laissant de fines traces de fumée, qui elles-mêmes ne tardèrent pas à disparaître. Au même moment, la fillette vit quelque chose bouger sur l'horizon.

C'était apparemment un vol d'oiseaux. Ils étaient loin et décrivaient des cercles au-dessus des montagnes, mais la fusée avait dû attirer leur attention, car voilà qu'ils se rapprochaient. Et Madeleine vit qu'en réalité, ces oiseaux étaient très grands, car même à cette distance, leur envergure semblait considérable.

Elle jeta des regards nerveux autour d'elle. Au milieu des marais, elle était totalement exposée, le seul abri étant la forêt proche. Mais monsieur Moutarde lui avait dit de ne surtout pas bouger.

Un grincement strident au-dessus de sa tête la surprit : un des oiseaux s'était détaché du groupe et descendait tout droit vers elle.

Sauf qu'elle voyait, à présent, que ce n'était pas un oiseau mais une énorme créature à la peau de cuir, avec des ailes aussi amples que les voiles d'un bateau. La bête avait une crête osseuse sur le crâne et un long bec de pélican, garni de dents pointues.

Madeleine prit ses jambes à son cou.

Elle courut comme une dératée sous le couvert des arbres. Les fougères lui fouettaient le visage. Elle n'y voyait rien devant elle, mais l'idée de ce long bec l'enlevant soudain dans les airs la poussait à avancer sans s'arrêter. Elle courut, courut, jusqu'au moment où elle aperçut un endroit où elle pourrait peut-être se cacher : un fouillis de végétation dense qui formait comme une grotte.

Elle plongea la tête la première, s'y enfonça profondément et ne bougea plus. Retenant sa respiration, elle tendit l'oreille.

Peu à peu, elle se rendit compte qu'aucun battement d'ailes n'était audible. On n'entendait rien d'autre que les bruits de la forêt : un faible sifflement de vapeur et l'humidité qui gouttait des feuilles.

Elle jeta un œil hors de sa cachette.

Les arbres étaient si hauts et si rapprochés qu'il faisait noir dans le sous-bois. Madeleine comprenait, à présent, pourquoi la créature n'avait pas pu la suivre : l'espace entre les troncs était trop étroit pour ses ailes.

Une goutte d'humidité tomba sur sa tête. Madeleine fit volte-face.

Un arbre gigantesque s'élevait devant elle. Elle présuma que la goutte était tombée de ses feuilles, mais en regardant plus attentivement, elle s'avisa que son écorce brillait légèrement, comme si elle était couverte d'une sorte de résine. La fillette reçut encore une goutte, puis une autre.

Elle releva vivement la tête, arquant son cou… et là, elle fit deux découvertes importantes.

Sa première découverte fut que l'arbre qui se trouvait devant elle n'était pas un arbre, mais le corps d'un animal énorme, un animal qui ressemblait étonnamment à un *Tyrannosaurus rex*. La seconde fut que les gouttes qui lui tombaient sur le crâne étaient de la salive dégoulinant des mâchoires du monstre.

Ces mâchoires étaient assez grandes pour l'avaler tout rond, et elles descendaient vers elle... Elles s'approchèrent jusqu'à ce que Madeleine perçoive l'haleine chaude du dinosaure et puisse plonger le regard dans ses yeux jaunes de reptile.

Il y eut un éclair blanc.

Tout se passa si rapidement que Madeleine l'aperçut à peine, mais c'était apparemment une créature se balançant sur une liane. Celle-ci l'attrapa par la taille et la souleva du sol.

La créature l'avait saisie avec une telle rapidité qu'ils poursuivirent très haut sur leur élan, presque aussi haut que la cime des arbres, et c'est là, suspendue dans les

airs, que Madeleine distingua enfin la tête de son ravis-
seur. Une tête mince et blanche, avec un bandeau de
pirate.

— Camembert !

Chapitre six

Le soulagement de Madeleine fit place à l'horreur lorsque Camembert lâcha la liane sans crier gare. Ils dégringolèrent vers le sol à une vitesse affolante.

La fillette poussa un hurlement et, comme en réponse, un rugissement s'éleva de la forêt. Le tyrannosaure était très en colère de s'être fait piquer son dîner sous le nez. Il s'était donc placé juste au-dessous d'eux, la gueule grande ouverte, gesticulant de ses petits bras.

Mais là, ils furent à nouveau propulsés vers le haut. Camembert avait empoigné une autre liane juste à temps, et ils s'éloignèrent des terribles mâchoires en se balançant. Camembert passa de cette liane à une autre et continua d'avancer ainsi, sautant d'arbre en arbre avec l'agilité d'un lémurien.

De cette manière, ils s'enfoncèrent profondément dans la forêt, la fillette cramponnée au chat, jusqu'au moment où, enfin, Camembert fit un dernier bond de géant qui les déposa dans de hautes branches. Là, des planches avaient été disposées et attachées à l'aide de lianes pour composer une petite plate-forme : une cabane perchée, avec vue sur toute la forêt.

Un réchaud à gaz était allumé, et un poêlon posé dessus. Une femme vêtue de noir en touillait le contenu; elle se retourna en les entendant arriver.

– Tiens, Madeleine ! dit madame Pamplemousse sans sembler s'étonner. Tu arrives juste à temps pour le dîner.

Avec un sourire, elle vint l'embrasser.

Tous trois se servirent en soupe et Madeleine se mit à poser une foule de questions sur le café, sur l'étrange breuvage et sur la manière dont elle s'était retrouvée là. Madame Pamplemousse lui expliqua l'invention du Générateur et lui apprit qu'elle venait de voyager dans l'espace et dans le temps.

– Dans l'espace et dans le temps ? s'exclama Madeleine. Où sommes-nous donc ?

– Difficile de le dire précisément. Si les calculs de monsieur Moutarde sont justes, ceci deviendra un jour l'Amérique du Nord.

– Mais en quelle année sommes-nous ?

– Une fois de plus, c'est difficile à dire, mais nous sommes quelque part vers la fin du crétacé, dix-huit millions d'années avant notre ère.

– *Dix-huit millions d'années!* Vous voulez dire que cette créature, là-bas... (Madeleine pointa le doigt vers la forêt.) C'était vraiment un... un...

Camembert miaula.

– Un *Tyrannosaurus rex*, traduisit madame Pamplemousse.

Camembert miaula encore.

– Il dit que tu as eu de la chance. Les tyrannosaures peuvent attendre en embuscade pendant des heures. Celui-là devait être affamé.

La fillette frémit de la tête aux pieds.

– Brrr... fit-elle. J'ai senti son haleine sur ma figure! Et sa bave dans mes cheveux!

À ces mots, Camembert et madame Pamplemousse se tournèrent vivement l'un vers l'autre.

– Quoi? Qu'y a-t-il?

Ils ne répondirent pas, mais Camembert s'éloigna rapidement vers l'autre côté de la cabane et revint en traînant derrière lui un petit sac. Il en sortit un bocal à couvercle hermétique et un petit peigne en plastique, qu'il passa dans les cheveux de la fillette. Ensuite, il ouvrit le bocal et, passant une griffe le long des dents

du peigne, y fit tomber quelques gouttelettes d'un liquide clair.

— Il y en a assez? s'enquit madame Pamplemousse.

Camembert eut un bref hochement de tête avant de refermer soigneusement le bocal.

— Excellent! dit la femme. Eh bien, Madeleine, on dirait que ton arrivée nous porte déjà chance!

Madeleine n'y comprenait goutte.

— Une spécialité extrêmement précieuse : de la bave de tyrannosaure fraîchement récoltée. Camembert et moi avons passé toute la semaine à en chercher...

Elle se tut soudain en remarquant l'expression de la fillette.

— Ça ne va pas? demanda-t-elle.

Car Madeleine s'étaient subitement rembrunie. Toute à son soulagement d'avoir été sauvée, et à la joie de revoir ses amis, elle avait momentanément oublié les dangers qui menaçaient à Paris. La ville lui semblait à présent très lointaine – et elle l'était en effet, vu qu'elle ne serait pas bâtie avant dix-huit millions d'années. Mais en entendant madame Pamplemousse parler de cuisine, la fillette avait senti le désespoir l'envahir.

– Je suis navrée, madame, dit-elle doucement. Mais il s'est passé quelque chose de terrible chez nous. L'envoyée du gouvernement, celle qui enquête sur vous… elle dit que votre boutique a été saisie et qu'elle va être démolie !

Madame Pamplemousse prit la nouvelle avec calme, sans paraître le moins du monde étonnée.

– Cette envoyée… dit-elle. Ne serait-ce pas, par hasard, une jeune femme avec de très beaux cheveux et de très belles dents, qui répond au nom de mademoiselle Fondue ?

– Si ! Vous la connaissez ?

– Oh, oui, nous la connaissons. Camembert la tient à l'œil depuis un moment.

Le chat gronda, ce qui fit rire madame Pamplemousse.

– Pardon, dit-elle. Je ne crois pas que je vais traduire ça. Disons simplement qu'il ne l'apprécie pas beaucoup.

– Vous ne comprenez pas ! La police vous recherche. Si vous rentrez, vous serez arrêtée sur-le-champ !

– Naturellement. Je ne m'attends pas à autre chose.

– Mais, madame, vous ne pouvez pas…

La voix de Madeleine se brisa. Et puis, doucement elle ajouta :

– Vous ne pouvez pas rester ici à tout jamais.

Madame Pamplemousse embrassa du regard le panorama qui s'étendait au-dessous d'eux et eut un petit haussement d'épaules.

– Il y a pire. Au moins, ici, on n'est pas embêté par les agents du gouvernement.

Elle se tourna alors vers Madeleine et sourit.

— Non, Madeleine, je ne vais pas rester. Ne serait-ce que parce qu'il est impossible de se faire un bon café ici. Je ne doute pas que mademoiselle Fondue ait beaucoup de pouvoir : elle n'est surpassée que par le président. Et encore : certains disent qu'elle n'en est que plus forte. Mais ce sera aussi sa perte.

— Que voulez-vous dire ?

— N'y pense pas pour le moment. Sois certaine, cependant, que mademoiselle Fondue est le dernier de nos soucis. Il y a bien plus important : tous ces ingrédients qu'il nous faut encore réunir.

— Des ingrédients pour quoi ?

— Pour une sorte de remède, un tonique spécial… qui nous permettra de restaurer l'esprit même de notre ville. Car c'est cet esprit que le gouvernement s'efforce de détruire, et il a déjà réussi à l'affaiblir.

Plus tard ce soir-là, les trois amis restèrent dehors sous les étoiles. Il faisait plus frais et moins humide la nuit, et Camembert déroula un sac de couchage à l'intention de Madeleine. Il s'accouda ensuite au garde-fou pour guetter les ptérodactyles qui passaient.

Madame Pamplemousse, quant à elle, alluma sa pipe et conta à Madeleine les aventures qu'elle avait vécues jusque-là en cherchant les ingrédients de son tonique spécial. Elle lui expliqua qu'ils s'étaient rendus dans le Pérou ancien pour acquérir un Démon vert, le piment le plus puissant qui ait jamais existé, puis qu'ils avaient rejoint la France post-révolutionnaire pour voler du vin dans la cave de Napoléon. Elle raconta ensuite qu'ils s'étaient rendus dans l'Inde d'il y a deux mille cinq cents ans pour obtenir une tasse de thé vert préparé par le Bouddha en personne.

Jeune homme, le Bouddha avait médité sous un arbre appelé banyan jusqu'à découvrir le secret du bonheur éternel. Lorsque madame Pamplemousse était allée le voir, il était bien plus âgé, octogénaire. Pourtant, elle avait tout d'abord cru voir un jeune et beau prince aux yeux semblables à des flammes dansantes. Ensuite, elle avait constaté que ce n'était qu'un vieillard vêtu d'une simple robe couleur safran. Ses yeux, toutefois, étaient inchangés. L'idée de voyages dans le temps avait semblé l'amuser, et il avait beaucoup ri. Faire connaissance avec Camembert l'avait aussi fort intéressé, et il avait traité le chat avec un grand respect, lui proposant même une partie de dames.

À force d'écouter la voix de madame Pamplemousse et le doux sifflement de la lampe à gaz, Madeleine se sentit bientôt somnolente. Le fait qu'ils soient perchés dans un arbre en pleine forêt préhistorique n'avait plus d'importance ; avec Camembert pour monter la garde et madame Pamplemousse à ses côtés, elle se

serait sentie en sécurité n'importe où au monde. C'est pourquoi, avant même la fin du récit, elle s'endormit profondément.

Chapitre sept

Le lendemain matin, Madeleine fut réveillée par des coups de marteau. Camembert plantait des clous dans la cabane et liait les planches au moyen de lianes toutes fraîches. Leurs affaires avaient été rangées dans un gros sac à dos noir.

Madame Pamplemousse lui souhaita le bonjour et lui servit son petit déjeuner : un fruit qui avait la forme d'une banane mais qui était bleu vif.

– Malheureusement, il n'y a pas de café, dit-elle :
c'est le gros inconvénient des voyages dans le temps.
Car à la moindre gorgée d'expresso, nous serions propulsés tout droit vers notre présent. Mais nous avons
tout de même ceci...

Elle sortit du sac une bouteille Thermos argentée,
semblable à celle que monsieur Moutarde avait confiée
à Madeleine : simple, sobre, d'aspect suisse. Le genre
de Thermos que l'on emporte en montagne. Madame
Pamplemousse dévissa le couvercle et versa le contenu
de la bouteille dans trois tasses.

– Sommes-nous prêts ? demanda-t-elle au chat.

L'animal bricolait toujours la cabane. Il serrait un
dernier nœud, un clou entre les dents. Une fois
qu'il l'eut enfoncé dans le bois, il releva
les yeux et hocha la tête.

– Bien, dit madame Pamplemousse.
Alors il est temps de bouger. Grâce à
toi, Madeleine, nous avons notre précieuse bave de

tyrannosaure. Il nous faut à présent recueillir les autres ingrédients.

Elle tendit une tasse à la fillette et une autre à Camembert.

– Santé ! clama-t-elle en levant sa tasse, après quoi ils burent tous en même temps.

Le breuvage était chaud et sombre, comme le liquide du percolateur, mais sa saveur était totalement différente. L'effet immédiat, en tout cas, fut le même.

Une fois de plus, il y eut cette sensation soudaine de déjà-vu, évoquant un souvenir très vivace ou un rêve. Mais dans ce rêve, Madeleine vit des collines  encerclées de brume et de vastes étendues d'eau gris-vert. Il y eut aussi une fugace impression de musique dans le lointain, peut-être le gémissement plaintif et lugubre d'une cornemuse.

Ensuite, la forêt se mit à tourner au-dessous d'eux, de plus en plus vite, jusqu'à devenir un grandissime manège vert. Cette vue donna tant le tournis à Madeleine qu'elle ferma les yeux. Elle tenta de s'agripper à la cabane, mais même celle-ci commença à bouger. Elle oscillait comme si elle s'était détachée et, pendant un instant terrible, la fillette crut qu'ils tombaient. En rouvrant les yeux, elle constata qu'ils flottaient sur une étendue d'eau.

Ils se trouvaient au centre d'un lac immense. La cabane tournait lentement sur elle-même, bercée par les flots… à ceci près que, pour être précis, ce n'était plus une cabane mais un radeau. Ils étaient cernés par un épais brouillard, qui dérivait en écharpes blanches au-dessus de la surface. L'air était frais et pur, et quand Madeleine respirait, son haleine formait un petit nuage.

— Où sommes-nous ? demanda-t-elle.

— Dans les îles Britanniques, lui indiqua madame Pamplemousse. En Écosse. Sur le Loch Ness. Et si monsieur Moutarde ne s'est pas trompé dans ses calculs, nous devrions être vers l'automne de l'année 1933. Tiens, tu vas avoir besoin de ceci. (Elle lui tendit une couverture.) Tu sentiras bientôt le froid ; quand on voyage dans le temps, le corps tarde toujours un peu à s'adapter.

À ce moment-là, Camembert miaula et, en réponse, madame Pamplemousse fourra la main dans le sac à dos noir. Elle en sortit d'abord une corde terminée par un crochet, puis un bocal en verre. Madeleine reconnut qu'il venait de sa boutique : une étiquette jaune était collée sur le verre, et il y avait quelque chose de rouge sombre à l'intérieur. Madame Pamplemousse ouvrit le récipient, qui diffusa une odeur de poisson tout à fait pestilentielle. Elle le tendit à Camembert ; le chat y plongea la patte et en sortit un morceau de chair noirâtre. Saisissant le crochet, il l'enfonça dans cette chair et jeta le tout à l'eau. L'autre bout de la corde était noué autour de sa taille.

– Du rognon de kraken (c'est-à-dire de poulpe géant) fermenté, expliqua madame Pamplemousse. Extrêmement rare. J'ai trouvé celui-ci sur une plage de Norvège. Il avait commencé à pourrir, mais c'est finalement une chance pour nous, car le monstre les préfère un peu faisandés.

– Le monstre ? souffla Madeleine. Vous voulez dire… *Le monstre du Loch Ness ?*

Madame Pamplemousse acquiesça.

– Ou, pour être exact, une espèce rare de serpent de mer, fréquemment aperçu dans ces eaux au début des années 1930, mais plus tellement depuis.

– Parce qu'il est timide ? demanda Madeleine avec espoir. C'est une créature craintive et douce, et c'est pour cela qu'on le voit si peu ?

– Timide ? répéta madame Pamplemousse. Pas vraiment, non. Discret, peut-être. Mais aussi extrêmement

dangereux. (Elle inspira à fond, les yeux brillants d'enthousiasme.) Nous sommes venus prélever une petite quantité de son venin. Ce venin lui sert à paralyser ses proies afin de les traîner jusqu'à une grotte, sous le *loch*, où il peut les consommer à son gré... Un genre de garde-manger pour monstre des profondeurs, si tu veux.

L'idée semblait l'amuser et elle éclata d'un grand rire, mais elle reprit son sérieux en voyant la tête de la fillette.

– Oh, ma chère Madeleine, dit-elle, je t'en prie, ne crains rien. Il ne t'arrivera aucun mal, je te le promets.

Soudain, Camembert leva une patte pour exiger le silence. Ses oreilles étaient dressées et son œil unique fixait un point, droit devant.

Madeleine suivit son regard. La brume s'était encore épaissie autour d'eux : ce n'était plus qu'une vaste couverture d'un blanc pur. Cependant, plus la fillette regardait, plus elle avait l'impression de distinguer quelque chose, rôdant juste derrière le brouillard : comme une forme sombre et furtive.

La forme disparut, mais des vaguelettes se diffusèrent sur l'eau. Elles firent osciller légèrement l'embarcation en l'atteignant, mais s'évanouirent rapidement. Tout retrouva son calme.

Alors, du dessous, monta la vague la plus puissante que l'on puisse concevoir. Elle souleva le radeau, qui se brisa en deux. Ses trois occupants dégringolèrent la tête la première dans le lac. Madeleine plongea. Sous l'eau, rouvrant les yeux, elle entrevit une horrible masse de peau noire et huileuse, enroulée sur elle-même.

La fillette refit surface, suffoquant et cherchant son souffle. Et découvrit le monstre culminant au-dessus d'eux.

Sa longueur totale était difficile à évaluer, car le corps était lové en boucles et se tortillait sans cesse dans

l'eau, formant des tourbillons d'écume. Mais le cou, à lui seul, s'élevait bien à trois mètres de hauteur. Madeleine distingua une tête verte et reptilienne, avec deux yeux jaunes, lumineux et féroces.

La créature avait mordu à pleines dents dans le rognon de kraken, et Camembert était toujours fermement attaché à l'autre extrémité de la corde. Il pendait de la bouche du monstre, qui se débattait et secouait frénétiquement la tête. Mais le chat tenait bon. Il enroula la corde autour de ses pattes arrière pour avoir une meilleure prise ; tirant d'un coup sec, il parvint à dégager le rognon de la gorge du reptile et tomba dans les vagues. Le monstre émit un fort sifflement par les narines, puis, arquant son cou, plongea à sa poursuite.

– Camembert ! hurla Madeleine.

Une main l'attrapa par derrière.

Madame Pamplemousse, qui s'accrochait à un fragment du radeau, la tira vers elle.

– Madeleine! Écoute-moi!

– Il faut le sauver!

– Écoute-moi! répéta fermement la femme. Tu vas faire exactement ce que je te dis. (Elle tenait à la main une bouteille Thermos vert foncé.) Il faut que tu boives ceci et que tu partes devant…

– Non!

– Nous te retrouverons, Madeleine, je te le promets, mais il faut que tu partes avant nous.

– Et Camembert?

– Je peux le sauver, mais pas te protéger, toi.

– Je m'en fiche! Je reste avec vous!

– Non! Écoute… tu vas te retrouver près d'une île. Nage droit vers la rive et attends-nous là-bas. Tu as bien compris? Quoi qu'il arrive, ne bouge pas de la rive!

Quelque chose de long et de glissant frôla la jambe de Madeleine. Elle poussa un cri.

– Vas-y! dit madame Pamplemousse.

La fillette tenta encore de protester, mais la femme avait déjà porté le goulot à ses lèvres. Elle tint l'arrière de sa tête de l'autre main, et elle renversa la bouteille. Le liquide coula sur la langue de Madeleine, dans sa gorge, et en une ou deux secondes, la fillette disparut.

Chapitre huit

Madeleine crut tout d'abord que la potion à voyager dans le temps n'avait pas fonctionné. Elle avait si peur pour Camembert et était si terrifiée par le monstre qu'elle remarqua à peine ses effets. Il faut préciser qu'elle se trouvait encore dans l'eau, si bien qu'elle ne remarqua pas de différence dans son environnement… jusqu'au moment où elle s'avisa que l'eau était bien plus chaude.

Elle vit ensuite que la brume s'était dissipée, et qu'au-dessus de sa tête le ciel était bleu.

Elle nagea dans la direction d'une petite île. On y voyait une longue plage de sable blanc et pur. Au-dessus s'élevait un coteau rocheux semé de cyprès, d'oliviers et de touffes d'herbes sauvages.

L'eau fut bientôt moins profonde, et Madeleine prit pied sur le sable. Elle observa les environs.

Il n'y avait pas de vent, pas de marée, et le seul bruit audible venait des vaguelettes qui léchaient doucement la grève. La mer était vaste, immobile, vert émeraude et scintillante sous le soleil. Mais il n'y avait aucun signe de vie, aucun signe de madame Pamplemousse ni de Camembert. La fillette réfléchit à toute vitesse : et si le monstre les avait attrapés? S'il les avait traînés jusqu'à une grotte sous-marine? Ou s'ils avaient perdu le sac à dos noir?

Cette terrible perspective lui sembla de plus en plus plausible, jusqu'au moment où elle fut certaine que c'était arrivé. Sans breuvage à remonter le temps, elle n'avait aucun moyen de les retrouver, ni de rentrer chez elle, d'ailleurs. Madame Pamplemousse et le chat resteraient coincés dans l'Écosse de 1933, tandis qu'elle-même serait exilée à jamais sur cette île.

Elle entendit alors un bruit. Un bruit très faible, à peine assez fort pour percer le silence. Elle regarda autour d'elle pour en chercher la source, mais ne la trouva pas : l'île paraissait toujours aussi déserte. Pourtant, elle aurait pu jurer avoir entendu quelque chose.

Alors, ce bruit se reproduisit, toujours faible, mais clair et bien reconnaissable cette fois : c'était la voix d'une femme, qui l'appelait depuis le coteau.

– Par ici! Par ici!

– J'arrive! cria Madeleine en se mettant à courir.

La colline était escarpée et difficile à gravir, couverte de cailloux pointus et d'herbes enchevêtrées. Pourtant, Madeleine était si soulagée d'entendre madame Pamplemousse qu'elle l'escalada en un clin d'œil.

Mais à mi-côte, elle s'arrêta net.

Là, le terrain s'aplanissait pour rejoindre un promontoire rocheux surplombant la mer. Il n'y avait ni herbes ni buissons et le sol était calciné, poussiéreux. Surtout, il était jonché d'ossements.

Madeleine fut tout d'abord incapable d'identifier l'origine de ces ossements. Ils étaient déchiquetés, éparpillés, mais on distinguait des fragments de cages thoraciques et des morceaux de crânes brisés... qui tous, à vrai dire, semblaient humains.

C'est seulement alors qu'elle se rappela la recommandation de madame Pamplemousse : ne pas s'éloigner de la plage. Il n'y avait peut-être jamais eu de voix. Était-ce son imagination qui avait interprété le sifflement du vent?

Sauf qu'il n'y avait pas de vent et qu'un calme surnaturel régnait. La fillette ressentit soudain cet étrange picotement dans la nuque, cette sensation qui nous indique que nous sommes épiés.

Elle pivota sur elle-même. Devant, la colline montait toujours, de plus en plus accidentée et escarpée. Et, perchée juste au-dessus de Madeleine, la créature la plus terrifiante qu'elle eût jamais vue était assise sur un rocher.

Ce monstre avait un visage de femme, fin et élégant, aux pommettes saillantes et aux yeux en amande. Un visage que l'on aurait pu trouver beau, s'il n'avait été entièrement couvert d'un pelage noir. Sa fourrure, lisse et brillante, couvrait aussi la totalité de son corps, qui n'était pas humain mais évoquait plutôt une panthère, avec deux ailes veloutées dans le dos.

Madeleine avait déjà vu une telle créature représentée sur un tableau, dans un musée, à Paris. Une créature dont le nom, en grec ancien, signifie « l'étrangleuse ». Car il ne pouvait s'agir que du Sphinx.

Le Sphinx, donc, la toisait du regard, et Madeleine comprit pourquoi on l'appelait ainsi : rien qu'avec ses

yeux, il la paralysait. Ces pupilles la clouaient au sol avec leur froide malveillance. Elles semblaient lire directement dans son âme.

– Que fais-tu sur mon île, petite? s'enquit le monstre.

Sa voix était claire, légèrement perçante et pourtant lisse comme de la soie. Ou plutôt, à vrai dire, comme un cordon de soie passé autour d'un cou, et qui à chaque mot se resserrait.

– Je… je… Pardon, bredouilla Madeleine en détournant les yeux. Je ne voulais pas vous déranger.

– Me déranger? répéta le Sphinx en écho, descendant de son rocher avec un doux bruissement d'ailes.

La créature se mit à tourner en silence autour de la fillette. Des vagues d'énergie parcouraient son corps musclé.

– Tu es venue ici de ton plein gré?

Muette de frayeur, Madeleine parvint tout juste à hocher la tête.

– Voilà qui est étrange. D'habitude, on m'envoie les petites filles en sacrifice. Celles dont les parents ne veulent que des garçons.

Le monstre s'arrêta net.

– Ah! Mais c'est bien cela, tes parents se sont débarrassés de toi, n'est-ce pas, Madeleine?

Le Sphinx se rapprocha pour la regarder au fond des yeux.

– Tu as pourtant fait tout ton possible pour leur plaire. De même que maintenant, tu crains que tes amis, eux aussi, ne t'aient abandonnée.

Il se lécha les babines et l'observa avec fascination.

– Quelle belle tristesse! Je m'en régale à l'avance.

– Il faudra nous dévorer d'abord! lança une voix.

Avec un vif mouvement de fouet, le Sphinx tourna la tête. Sur l'épaulement de la colline se tenaient madame Pamplemousse et Camembert.

– Fort bien. Puisque vous le proposez, je vous mangerai tous les trois.

– Si telle est votre volonté, dit madame Pamplemousse, alors soit. Après tout, nous sommes sur
votre île, et nous sommes impuissants à vous résister.
Mais je crois aussi savoir que vous êtes grand amateur
d'énigmes. Avant votre festin, je voudrais vous en pro-
poser une.

Le Sphinx ne répondit pas immédiatement ; il jaugeait
madame Pamplemousse en silence. Comme il l'avait fait
avec Madeleine, il la regarda au fond des yeux.

– Votre esprit, en soi, est déjà une énigme, finit-il
par répondre. À titre exceptionnel, et parce que c'est
vous, j'accepte.

Madame Pamplemousse inclina la tête en signe de
remerciement, puis fouilla dans son sac à dos, dont elle
sortit un petit flacon. Pas plus grand qu'un coquetier, il
était scellé à la cire, avec une étiquette en épais papier
jaune sur laquelle rien n'était écrit. Son contenu semblait constamment changer de couleur, tourner et se
mouvoir telle une spirale se déroulant sans fin.

Madeleine, qui avait déjà vu un tel flacon, savait ce qu'il contenait. C'était la recette secrète de madame Pamplemousse, la plus grandiose de ses créations : le plus-fabuleux-délice-au-monde.

— Dans ce cas, voici votre énigme, dit madame Pamplemousse en ouvrant le récipient et en le posant par terre. Cette recette compte beaucoup d'ingrédients, mais elle a un seul nom. Ce nom est secret. Pouvez-vous à présent me le donner?

Une seconde environ s'écoula. Le Sphinx, assis sur son arrière-train, contemplait le flacon, lorsque soudain, une langue noire surgit de sa gueule pour plonger dans le bocal. Il préleva une petite quantité de son contenu et le rumina lentement. Alors, son visage fut transfiguré.

C'était le genre d'expression que l'on peut avoir en écoutant un morceau de musique particulièrement envoûtant. Un instant, on put croire que la créature mythique allait pleurer.

Au lieu de cela, elle ouvrit la bouche et proféra un seul mot.

Ce mot n'appartenait ni au français, ni au grec ancien, ni à aucune langue de mortels. Il sonnait comme un claquement de tonnerre, déchirant le ciel, et pendant cet instant, le monde entier sembla cesser de tourner.

Aux yeux de Madeleine, la scène s'était figée comme un tableau. La fillette voyait la mer émeraude rejoindre l'horizon bleu, et sur ce fond, elle voyait se découper le Sphinx : une créature immortelle et sans pitié dont l'être même était une énigme. Mais à présent, Madeleine voyait aussi ce qui rendait cette créature splendide, de même que la mer est splendide mais périlleuse, ou que le ciel est à la fois sans limites et inconnu.

— Dans le monde d'où je viens, dit madame Pample-mousse, un lieu d'une grande beauté est sur le point d'être détruit. C'est l'endroit où ce délice est élaboré, et s'il disparaît, ce mets perdra bientôt toute saveur. Il sera aussi fade que la poussière. Bien sûr, je n'attends de vous aucune compassion envers les mortels, ô Sphinx, mais, puisque vous et moi révérons tous deux cette substance, je suis venue vous demander une faveur.

Le Sphinx s'approcha d'elle à petits pas tranquilles et se coucha.

– Je sais ce que vous désirez, madame, dit-il en levant la tête.

Et sur sa joue roula une larme unique.

Camembert la rattrapa dans le petit bocal hermétique. Sur quoi, avec une tendresse étonnante, il essuya le visage du monstre.

Ensuite, la créature leur proposa à manger et leur indiqua un coin où dormir. Ils acceptèrent son hospitalité, mais déclinèrent la viande offerte, qui était une chair séchée d'origine inconnue. Ils se contentèrent de fromage de chèvre des montagnes, de figues fraîches et de vin sec au parfum de résine. Et tout en mangeant, madame Pamplemousse prépara Madeleine à leur retour à Paris et aux dangers qui les y attendaient.

Chapitre neuf

À Paris, au *Café du temps perdu*, mademoiselle Fondue était perplexe.

Une minute plus tôt, elle était entrée dans la salle : Madeleine était assise à une table. Mais ensuite, elle l'avait vue boire une tasse de café et, l'instant d'après, la fillette s'était volatilisée. Or mademoiselle Fondue n'était pas une personne fantaisiste. À l'école, elle avait toujours excellé dans les matières qui exigeaient beaucoup d'intelligence et peu d'imagination. Et de manière générale, elle ne se fiait qu'à ce qui pouvait être précisément quantifié et mesuré. Si bien qu'elle ne crut pas vraiment à ce qu'elle venait de voir et supposa que ses yeux ou la lumière avaient dû lui jouer un tour.

Cependant, quelque chose d'encore plus perturbant se produisit alors : Madeleine réapparut. Et non seulement elle était de retour, mais elle était transformée. Ses vêtements étaient déchirés et couverts de sable, ses cheveux emmêlés et ébouriffés.

Mademoiselle Fondue n'était pas du genre à perdre son sang-froid, et si par extraordinaire cela lui arrivait, elle se gardait bien de le montrer. Elle se contenta donc d'un ordre laconique.

– Attrapez-la ! aboya-t-elle aux policiers.

L'un d'eux saisit Madeleine par les épaules pour l'asseoir de force sur une chaise. Mademoiselle Fondue vint prendre place à sa table, face à elle.

– Tu as tout intérêt à t'attirer ma faveur, Madeleine. Car n'oublie pas, c'est moi qui décide de la durée de ton enfermement dans ce centre. (Elle sourit, comme si elle avait parlé d'une colonie de vacances.) Cependant, je suis une femme raisonnable et je suis disposée à faire preuve de clémence, à condition que tu me dises tout ce que tu sais sur...

– À votre service, mademoiselle, fit une voix derrière elle.

Mademoiselle Fondue se retourna vivement : une femme se tenait sur le seuil du café. Une femme vêtue de noir, avec un sac à dos noir, et une sorte d'étole en fourrure blanche – si ce n'est qu'à y regarder de plus près, ce n'était pas une étole. C'était un chat : un mince chat blanc affublé d'un bandeau de pirate.

Monsieur Moutarde la salua d'un petit hochement du menton.

– Bien le bonjour, madame, dit-il.

— Bien le bonjour, monsieur, répondit madame Pamplemousse. Contente de vous revoir. Savez-vous que j'étais en vacances ?

— Vous êtes-vous bien reposée ?

— Très bien, merci. En revanche, je n'ai pas pu mettre la main sur un bon café.

Un bref regard passa entre eux.

— Asseyez-vous donc, lui proposa l'homme, je vous en prépare un tout de suite.

Madame Pamplemousse s'assit à la table, et Camembert descendit de ses épaules pour occuper la chaise la plus proche.

— Bien, dit-elle à mademoiselle Fondue. Vous me cherchiez, je crois ?

La femme blonde ne répondit pas. Elle la toisa froidement, après quoi elle prit une coupure de presse dans sa serviette.

— Peut-être pourriez-vous éclairer ma lanterne, madame. Nous enquêtons sur cette fillette depuis que son nom a été associé à un certain mets légendaire, si délicieux et si extraordinaire qu'il a fait les gros titres des journaux.

Elle fit glisser la page découpée sur la table. On pouvait lire :

LE PLUS FABULEUX DÉLICE AU MONDE :

UN CANULAR ?

– Eh bien ? fit madame Pamplemousse en relevant la tête.

– Eh bien, c'est à vous de me le dire, madame. Était-ce réellement un canular ?

Madame Pamplemousse la fixa sans prononcer un  mot. Mademoiselle Fondue soutint son regard, mais se rendit compte rapidement qu'elle avait envie de détourner les yeux, car ceux de la femme en noir avaient quelque chose de perturbant. Elle n'en avait jamais vu de cette couleur : le profond bleu violacé de la lavande sauvage. Mais ce n'était pas cela qui la mettait mal à l'aise. C'était l'absence totale de peur qu'on y lisait.

– C'était sûrement un canular, souffla rapidement mademoiselle Fondue. Je suis sûre que vous incorporez quelque additif chimique à votre cuisine, et je vous suggère de me dire tout de suite ce que c'est.

Il y eut un long silence.

– Et supposons un instant, mademoiselle, qu'un tel produit chimique existe… dit enfin madame Pamplemousse. Quel usage, au juste, en feriez-vous?

– Cette information est classée secret défense.

– Je vois. (Nouveau silence.) Vous ne l'utiliseriez pas, par exemple, pour contrôler la population?

– Madame, dit mademoiselle Fondue d'une voix légèrement tendue, il me faut vous prévenir que nous avons pris possession de votre boutique et que je n'ai qu'un mot à dire pour qu'elle soit rasée…

Madame Pamplemousse lui coupa la parole en levant la main.

– Pardon, mademoiselle, mon café est arrivé.

Monsieur Moutarde était apparu à côté de la table avec une petite tasse sur un plateau d'argent.

– Madame, dit-il en la posant devant elle.

– Je vous remercie.

Elle porta le café à ses narines, inspira profondément, puis le but d'une traite. Après quoi elle reposa la tasse sur sa soucoupe, et Camembert lécha le marc déposé au fond.

Mademoiselle Fondue observait la scène avec dégoût. Elle était intensément contrariée d'avoir été interrompue, personne ne lui avait jamais fait un tel affront.

– Si vous refusez de coopérer, madame, non seulement nous démolirons votre boutique, mais la petite sera emmenée en détention, dans une prison pour enfants, où elle restera jusqu'à ses dix-huit ans. Quant au chat... (Elle lança un sourire dans sa direction.) Bah, je préfère vous laisser imaginer son sort.

Un grondement féroce la fit bondir de sa chaise. Camembert surgit sur la table, en position d'attaque, le poil hérissé, montrant les crocs.

— Sortez cette sale bête d'ici! cria mademoiselle Fondue.

L'un des policiers tendit le bras pour l'attraper, mais Camembert le mordit profondément à la main. L'homme poussa un cri strident, le chat se glissa sous la table et se faufila dehors.

— Mademoiselle, dit madame Pamplemousse une fois que les choses se furent calmées, vous êtes visiblement très intelligente. Pourtant, vous avez tort de me croire assez sentimentale pour me soucier d'enfants ou d'animaux. (Elle montra Madeleine d'un geste méprisant.) Faites-en ce que vous voulez, elle ne me sert plus à rien.

Le silence tomba sur la pièce.

Madeleine était abasourdie. Anéantie, même. Son visage était le tableau parfait de la surprise blessée.

— M... mais je croyais... balbutia-t-elle.

– Tu croyais... quoi? répliqua sèchement madame Pamplemousse. Que tu étais mon *amie*? Ne sois pas ridicule, enfin! Tu n'es qu'une enfant! Pour moi, tu n'as jamais été qu'un boulet!

Madeleine se couvrit le visage de ses mains et se mit à pleurer, tandis que la femme claquait de la langue avec réprobation et se retournait vers l'envoyée du gouvernement.

– Mademoiselle, vous aviez raison. J'utilise bien un additif chimique dans ma cuisine, un additif d'une puissance considérable.

Une lueur de triomphe brilla dans les yeux de mademoiselle Fondue.

– Et moyennant certaines garanties... (Un court silence.) Je pourrais être d'accord pour vous le céder.

– Quelles sont vos conditions?

– Eh bien... naturellement, une forte somme d'argent et, en sus, je veux qu'une série télévisée me soit consacrée.

La jeune femme sourit avec un air de supériorité tranquille.

– C'est très facile à obtenir. Marché conclu.

– Excellent. Je vous révélerai la formule chimique une fois le contrat signé. Mais pour l'instant, peut-être aimeriez-vous en voir un petit échantillon ?

Pour toute réponse, mademoiselle Fondue inclina la tête. Madame Pamplemousse sortit du sac à dos un bocal hermétique.

– J'ai justement les ingrédients sur moi, dit-elle. Mais pour fabriquer l'additif, il faut d'abord les faire passer dans une machine spéciale. (Elle désigna le percolateur chromé qui trônait sur le comptoir.) Car il me faut vous révéler, mademoiselle, que cet établissement n'est pas un simple café. Il s'agit, en réalité, d'un laboratoire secret.

– *Madame !* souffla monsieur Moutarde. *Que faites-vous ?*

– Toutes mes excuses, monsieur. Ce fut un plaisir de travailler avec vous, mais c'est ici que nos chemins se séparent, je le crains.

Moutarde lui lança un regard noir.

– La moitié de l'argent est à moi ! grinça-t-il.

Madame Pamplemousse sourit.

– Plus maintenant, monsieur, dit-elle en se levant pour s'approcher de la machine. J'ai conclu un accord exclusif avec mademoiselle Fondue. Cependant, en souvenir du bon vieux temps, peut-être pourriez-vous me rappeler le réglage ? Il m'est sorti de la tête.

Pour toute réponse, l'homme cracha à ses pieds.

– Faites ce qu'elle vous dit ! tonna mademoiselle Fondue.

Les policiers le regardaient d'un air menaçant.

– Cent six, grogna Moutarde entre ses dents.

– Merci, monsieur.

Et mademoiselle Pamplemousse ouvrit le bocal hermétique. Son contenu était vert pâle et très légèrement phosphorescent. Mais ce n'était pas dû à une réaction chimique ordinaire, car le bocal ne renfermait pas les produits annoncés par madame Pamplemousse. Si elle avait donné les vrais ingrédients, mademoiselle Fondue ne l'aurait jamais crue. Car ces ingrédients étaient de la bave de tyrannosaure fraîchement recueillie, du venin de monstre du Loch Ness, du vin des caves de Napoléon, de l'huile concentrée de piment Diable vert, la seule larme jamais versée par le Sphinx, et une petite tasse de thé vert préparé par le Bouddha en personne.

Madame Pamplemousse en versa le contenu dans le grand entonnoir du Générateur. Après quoi elle tira sur un levier, régla tous les cadrans sur le numéro 106, et mit la machine en route.

Chapitre dix

Dehors, à l'arrière du café, une petite cheminée dépassait du toit ; elle était reliée au Générateur par un réseau de tuyauteries cachées. Et à présent, un long panache de vapeur en sortait.

Le panache s'éleva lentement dans l'atmosphère, où il forma un petit nuage. Ce nuage se dilata, s'étendit depuis Montmartre, jusqu'à couvrir tout le ciel de Paris. Et il en descendit une brume de couleur vert pâle.

C'est alors que des phénomènes étranges commencèrent à se produire.

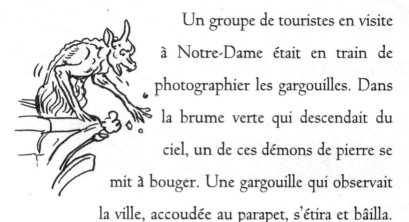 Un groupe de touristes en visite à Notre-Dame était en train de photographier les gargouilles. Dans la brume verte qui descendait du ciel, un de ces démons de pierre se mit à bouger. Une gargouille qui observait la ville, accoudée au parapet, s'étira et bâilla.

Pendant ce temps, au Muséum d'histoire naturelle, un événement non moins bizarre se déroulait. Le musée était fermé pour travaux : le chantier qui devait le transformer en centre commercial allait commencer, et les bâtiments étaient pleins d'architectes et d'entrepreneurs. Mais à présent, tous ces gens couraient en hurlant vers les portes. La panique avait éclaté dans la galerie des Dinosaures, où quelqu'un avait vu un squelette de diplodocus s'animer. Il s'était mis à remuer la queue, à ébrouer son long cou, et tentait de descendre de son piédestal. Alors, les autres créatures préhistoriques de la galerie avaient fait de même, agitant furieusement leurs vieux os comme pour se libérer. Bientôt, même les spécimens conservés dans le formol, derrière les vitrines qui longeaient les murs, secouaient leurs bocaux en faisant claquer leurs mâchoires.

Il régnait aussi un grand tumulte le long des berges de la Seine, car les passagers des bateaux-mouches affirmaient avoir vu un gigantesque monstre marin nager dans le fleuve.

Au Louvre aussi, les travaux durent être arrêtés lorsque quelqu'un prétendit avoir vu un sphinx sauter d'un tableau pour arpenter les couloirs.

Entre-temps, à Notre-Dame, une vaste foule s'était rassemblée sur le parvis, car toute la toiture grouillait désormais de gargouilles bien vivantes.

À l'instar de tous les vieux immeubles et monuments de Paris, la cathédrale devait être bientôt démolie et remplacée par un édifice de verre et d'acier flambant neuf. Notre-Dame était donc couverte d'échafaudages; mais voilà que les gargouilles s'employaient à les démanteler, arrachant tubes et planches, et les précipitant au sol.

L'un de ces démons enfonça deux doigts dans sa bouche et siffla bruyamment. Les autres levèrent la tête. Le siffleur en distingua deux et leur murmura quelques mots gutturaux. Ensemble, les trois gargouilles déployèrent leurs ailes et s'envolèrent dans le ciel. Elles traversèrent rapidement la ville, franchissant la Seine en direction du nord pour rejoindre la butte Montmartre. Arrivées là-haut, elles piquèrent droit vers *Le Café du temps perdu*.

Les trois démons fracassèrent les vitres gravées. Il y eut des cris et des hurlements lorsqu'ils volèrent au plafond en agitant furieusement leurs ailes. Les policiers dégainèrent leurs armes, mais les gargouilles les leur arrachèrent prestement des mains.

Et puis, d'un seul coup, elles s'immobilisèrent au-dessus de mademoiselle Fondue. Celle-ci leva la tête vers leurs trois visages hideux et grimaçants, qui pourléchaient leurs babines de pierre. La jeune femme bondit vers la porte et partit en courant dans la rue. Les policiers la suivirent de près… mais les gargouilles aussi. Elles sortirent par les vitres brisées, saisirent la femme et les policiers entre leurs serres acérées et les emportèrent, hurlants, dans le ciel.

Peu après, le nuage vert commença à se dissiper, et la brume avec.

Le monstre de la Seine disparut en soulevant une haute vague ; on ne le revit plus jamais. Les squelettes préhistoriques regagnèrent leurs piédestaux, le sphinx sauta dans son cadre et les gargouilles de Notre-Dame

reprirent leur place sur les toits pour redevenir des statues de pierre.

À présent, les rues étaient noires de monde. De grands embouteillages s'étaient formés. Certains automobilistes klaxonnaient, d'autres abandonnaient leur véhicule pour errer dans les rues. La police était présente en nombre, mais semblait aussi perplexe que tout le monde, et tout à fait incapable de maintenir l'ordre. Cependant, il n'y avait aucune violence, car tous étaient trop abasourdis par ce qu'ils venaient de voir. Et cet état d'incertitude partagée semblait unir les habitants de la ville.

Des rumeurs se répandirent comme une traînée de poudre. Chacun pensait avoir été victime d'un canular, de quelque illusion spectaculaire. Mais qui l'avait mise en scène, et pourquoi? Cela, personne n'aurait su le dire.

Quelqu'un monta alors au sommet d'un monument pour haranguer la foule.

– Voyez ce qu'elles ont fait, ces créatures, ces *gargouilles*, dit-il. Elles ont sauvé nos édifices de la destruction ! Elles ont sauvé notre belle ville de ce

gouvernement monstrueux. Car le vrai monstre, c'est lui !

Tout le monde se mit alors à défiler en chantant : «*Dehors, le monstre ! Sauvons notre ville ! Dehors, le monstre ! Sauvons notre ville !*»

Les Parisiens remontèrent ainsi les Champs-Élysées jusqu'au palais présidentiel. Là, ils scandèrent le nom du président et exigèrent sa démission.

Pendant ce temps, au *Café du temps perdu*, madame Pamplemousse éteignait la machine.

Un long silence passa, et ce fut finalement monsieur Moutarde qui le brisa.

– Bravo, dit-il d'une voix douce à madame Pample-mousse.

— Bravo à vous, répondit-elle avec un sourire.

— Et à toi, Madeleine, ajouta l'homme. Un superbe numéro d'actrice. Pendant un instant, j'ai réellement cru que tu versais de vraies larmes !

— Merci, monsieur, souffla-t-elle avec une petite révérence.

— C'est tout naturel, commenta madame Pamplemousse en s'approchant d'elle. Car Madeleine est comme nous… et *les gens comme nous doivent se serrer les coudes.*

Elle regarda longuement la fillette, qui eut alors la certitude que ses paroles avaient un sens caché. Un message réservé à elle seule, et qui lui rappelait les paroles proférées par le Sphinx, sur le coteau aride : «Tu crains que tes amis aussi ne t'aient abandonnée.»

Madame Pamplemousse la prit par la main.

— Et maintenant, ma chère amie, dit-elle, si tu veux bien m'accompagner encore une fois, je connais des gens qui ont très envie de te rencontrer.

Elle alluma une chandelle et l'emmena jusqu'au fond du café, où se trouvait une petite porte. Celle-ci donnait sur un escalier de fer qui disparaissait dans le noir.

Elles descendirent les marches ensemble, jusqu'à déboucher dans un long souterrain caverneux. Le seul éclairage était fourni par la flamme de madame Pample-mousse, et Madeleine la suivit dans la pénombre jusqu'à ce qu'elles s'arrêtent devant une autre porte. La dame en noir frappa une volée de coups précis, semblable à un message en morse.

La porte s'ouvrit et elles entrèrent dans une immense salle éclairée aux bougies. On aurait dit une salle de bal souterraine.

Des gens étaient assis à des tables dans la lueur vacillante des chandelles, et dans un coin, un trio de musiciens jouait du jazz. À une des tables, Madeleine reconnut deux personnes : un long monsieur chauve revêtu de cuir noir qui, malgré le faible éclairage, portait des lunettes noires – c'était monsieur Langoustine, le célèbre critique gastronomique – et, en face de lui, le chat Camembert.

Ils partageaient une bouteille de vin. En voyant arriver Madeleine et madame Pamplemousse, monsieur Langoustine leva son verre.

Tout le monde fit alors de même et une grande acclamation résonna. On applaudissait, on criait des bravos.

Les musiciens, eux, jouaient toujours. Et c'était peut-être un tour que lui jouait son imagination, ou le vacillement des chandelles, mais Madeleine eut l'impression que le pianiste avait des ailes de pierre et deux petites cornes sur la tête.

Épilogue

Un nouveau gouvernement fut élu. Après des manifestations prodigieuses, un référendum avait été organisé en urgence et le président avait dû démissionner. Le nouvel élu promit de faire revivre l'ancien esprit du pays et de restaurer sa capitale. Tous les projets de démolition furent annulés. Il n'était plus question que les musées et galeries d'art soient convertis en galeries marchandes. Et les lourdes taxes sur les petits commerces et les restaurants indépendants furent levées.

Pour fêter l'événement, les Cornichon participèrent à une fête gigantesque : tous les restaurants de Paris ouvraient leurs portes gratuitement. Ensemble, Madeleine et monsieur Cornichon cuisinèrent un banquet mémorable.

Aujourd'hui, mademoiselle Fondue ne s'occupe plus de politique. Elle a été arrêtée alors qu'elle escaladait la tour Eiffel. En compagnie du président, elle a été jugée pour corruption au plus haut niveau de l'État. Mais elle a si bien su charmer ses juges qu'on l'a relâchée pour vice de forme et, d'après la rumeur, elle poursuit désormais une carrière de mannequin à l'étranger.

Tout le monde ignore encore ce qui a provoqué la brume verte et éveillé les monstres ; et nul ne sait qui était réellement le groupe de musiciens appelé « Les Gargouilles ». L'événement a pris place dans l'histoire

sous le nom de «la Grande Illusion», et chaque année,
il est commémoré par un fabuleux carnaval.

Ce jour-là, quatre amis et leurs vieux
compagnons de route se retrouvent
pour festoyer. Et ensemble, pour
assister au grand défilé, ils se ren-
dent tout en haut de la ville, dans
un joli petit café : *Le Café du temps
perdu.*

Composition : Nord Compo
Impression : Grafica Veneta en avril 2012

Imprimé en Italie